_____ 님께

_____. 드림

글벗시선 235 차상일 첫 번째 시집

꽃향기 바람에 날리고

차상일 시음

도서출판 글벗

첫 시집을 출간하며

감사합니다.

지금까지 출렁이는 물결처럼 요동치는 흐름이 길어졌는데도, 바닥에 흐르는 물밑 자갈과 바위에 치어 흘러왔는데도 그래도 유유히 흐르는 물이 뇌노록 잡아준 세상에 나는 감사합니다.

마음 깊은 곳에서는 거친 잔상이 발목을 잡지만 토닥토닥 스스로를 달래며 다독여 봅니다. 나 자신을 비추어 보면서 뒤돌아 보고 오늘과 내일을 볼 수 있는 시상으로 젖을 수 있음에도 큰 감사를 갖습니다.

누군가에 나의 작은 마음의 씨앗이 날아가 위로가 되어 꽃이 피고 아름다운 열매가 맺어지는 결실이 된다면 그 또한 함께 감사할 일입니다.

그러한 과정에서 부족한 나를 성찰할 수 있다면 감사한 바람으로 이끌어 가겠습니다.

저의 『꽃향기 바람에 날리고』가 여러분의 가슴으로 이어진다면 그 또한 큰 감사가 되리라 생각합니다.

용인 법화산 자락에서
流水 차상일

차 례

제1부 그리움으로

제2부 흘러가는 물

제3부 선악의 역사

제5부 아름다운 꽃향기

■ 서평

제1부

그리움으로

사랑하는 어머니

어머니
당신 어깨 위에
구순九旬의 세월이
석양에 빛 받는
오래된 여느 돌담처럼

한설寒雪의 난무로
색이 다른 눈벽
쌓아놓은 것처럼
흔적 마다에
어머니의 모습이
아리아리함으로
가슴을 저밉니다

어머니의 세월을
나의 60년 전 봄 소풍
꽃무늬 치마 봄바람에
날리는 아름다움으로
그 자리에
다시 모시고 싶어라

사랑스러운 당신

첫눈에
사랑스러웠던 그대
내 마음 설렘에
가슴 두근두근
반 백년이 흘렀건만
그 사랑 아름다워
옥색의 깊은 향이
지금도 가슴 설레며
화한 뜨거움이
깊은 사랑으로
손잡으면 전해오네
눈 마주치면 사랑 촉촉

눈가에 주름 하나둘
옆머리 귀밑 새치
세월 훈장으로 완숙미
뒷모습 날렵하던 자태
이제는 포근함이
나의 모난 점을 안아주고
그 아름다웠던 모습

곱게도 세월 스며
가슴으로 마음으로
그 옛날 태종대 앞바다 옥색처럼
사랑이 점점 더 깊어가네
잡은 손 더 사랑스러워라

묘연한 동반자

함초롬히 흐르는 그대
많은 봉우리 오르내리는 산행
하마도 발이 부어 터졌을진대
전혀 내색이 없네

높지 않은 산허리 돌다
황톳살 벗겨진 가장자리
잔솔 나무 아스라한데
곧 떨어질 듯 난 불안이 엄습해
오는데 그대는 의연하네

야리야리 곤줄박이 새 같이
화려함은 감추고 그대 가슴엔
내면의 축적을 볏가리
쌓아놓은 듯하니 참으로
사랑의 찬가를 보내오

어머니

가을 옷깃에
세월 아리아리한
잔상이 어깨 위에
서리처럼 내려앉아
스산한 가을바람
내 가슴을 저미네

손등에 그려진
세월의 흔적들
저 주름 모두
내 몫인 것을
당신 손잡아
눈물로 흔적을
지울 수 있다면 좋으련만

그 또한 당신 가슴에
애간장 녹이는 일
아 어떻게 세월을
멈출 수 없을까
떠오르는 해를
누를 수도 없고

1963년 여름 아버지

자전거 뒤 덜컹덜컹
뽕나무밭 옆 자갈길
엉덩이 불이 나도
마냥 즐거운 천렵의 길

옆줄 무지개 피리
모래무지 꺽지
해 질 녘 고기들도
배고파 너도나도
줄줄이 세상 구경

서산마루 해 질 녘
앞에 맨 대바구니
가득 담겨 무거워
만선의 선장보다
내가 더 의기양양

아버지 페달 밟는 소리
힘차신 것 나만 아는
얇고도 행복한 비밀
가족들과 둘러앉아 즐기는
저녁 만찬 눈에 선하다.

삼 형제 사랑

소나무 푸른 기상
의연한 속내
사시사철 변함없는
그 모습 그대로

겨울눈 시린 가슴
때론 북풍한설
세파에 맞닥뜨려
피할 순 없지만
그 자리 그 모습
언제 보아도
한결같은 푸르름

큰 나무 바람에
휘날려 흔들려도
중간 나무 중심 잡고
막내 나무 얼싸안아

그 사랑의 힘이
세찬 바람 불어와두

뿌리 깊은 형제애
가족들 마음 편한
울타리 되어주니

언제나 푸른 마음
가슴으로 깊은 사랑
선조들께 머리 숙여
소나무 자비 주심에
감사 차례 지내고

이제는 한해를 사랑으로
넉넉하게 펼쳐 가리

사랑하는 동생과 이별

시간은 줄달음
긴 것 같은 만남도
이별 앞엔 아쉬움 가득

못다 한 정
실타래 풀어서
매듭매듭 못 풀고

태어날 때 가진 정
천륜으로 맺은 동생
사랑을 못 주니

먼 미국 땅
물설고 낯설고 말 설고
멀고도 멀어

뉘엿뉘엿 저녁노을
가는 날 슬픔 감주고
가슴만 아리네

어머니와 딸

어머니
사랑하는 딸
천륜으로 이루어진
모녀 사이

사랑의 꿀이
당신에게서 뚝뚝
그렇게 키운 내 분신
내 친구 내 인생 동반자

사랑은 세월을
삼키며 훌쩍 흘러가고
이제 내 사랑의 딸은
손주들이 커가는 그 나이

이제 주객전도
내가 주었던 사랑
한 알씩 한 알씩
딸이 나를 살려가네

부부의 인연

인연이 맺어져
결혼하여 살면

어차피 사는 삶
아름다운 사랑

한평생 살면서
내 인생 내 사랑

잘 살고 못 살고
제각각 다양해

한 날 한 날 살며
인생 채워가며

삶의 길이는
어차피 다 정해져

그렇다면 답은
서로 사랑하며

후회 없는 사랑
한평생 사랑을

은은히 불타는
부부의 인연을

영원히 보듬고
끝까지 사랑을

상사불망(想思不忘)

사랑은
참으로 귀하고
아름다우며
신비한 존재이다
인간의
다양한 능력 중
사랑의 힘은
불가사의한 존재
이루어질 수 없다는
사랑도
수많은 인간사
인연 중에
모두가 불가하리라
했던 사랑도
잊지 못하여
몸부림에 떨던 사랑도
이루고자 하는
결연한 이지의 사랑은
기필코 사랑의
힘에 의하여
사랑을 꽃 피우리라
사랑은 이루어시리라

아버지 기일

가신 날은
눈부신 햇살
온 세상 하늘나라

기일인 오늘은
아버지 가슴에
비가 흐르는지

어느덧 칠백여 일
그리움 깎이련만
빗소리 가슴 에이네

내일은 어버이날
어머니 손 다독이며
아버지 그리움으로

아버지 기일(2)

앞에 영정사진
아른거리는 내 인생 전부
물끄러미 바라보시는
가슴 먹먹한 사랑 가득

온화하신 평소 모습
조금 세태에 맞게도 흐르시지
아집으로 점철된
아버지 일생

뜻과 다른 내 가는 길
나무라시는 듯 모습
그래도 강조하신 제일
형제 우애 가족 사랑

두 번째 맞는 기일
반감 교차 당신의
가슴 아리아리한 사랑
그리움 가득 아른아른

아버지

내 좋을 대로 생각
한 십여 년은 더 계실 줄
돌이켜 보면 어설픈
희망 사항이었다
강건하실 때는 계심에
너무 자연스러운
일상의 한 부분
그 순간들이
이리 아리하고
소중한 순간
부족한 불효자는
이렇게 되어야만
화들짝 놀래는 척

이제는 일방의 대화로
당신 빛바랜 사진
메아리 없는 독백 무대
당신 모습 엷은 미소
아무리 쓰담쓰담해도
더 웃으시지 않는 모습

분명 화나신 걸까
아 내 숨긴 불효가 커서
더 웃지 않으시리라
나는 두 번째 기일이
얼마 남지 않았는데
아직도 숙제를 풀지 못해
잠 못 이뤄 뒤척인다

우리 집 보물 둘

우리 집엔 보물 둘
웃음꽃 제조기
보면 볼수록
사랑 피어 넘쳐나

구순 어머니
증손자들 보시고
함박웃음 가득하시니
난 뒷걸음 엷은 미소

저 사랑의 손자들
세상천지 제일 귀한
무엇이 이렇게 모두
즐거움 안겨 줄 수 있을까

축구(K리그)

열한 명의 전사들이
자기 팀을 위해서
혈전을 벌인다
총칼만 안 들었지
치열한 열전들에
관중은 환호한다
개인기의 뛰어난 능력
온몸의 컨디션으로
온몸의 근력으로
공과 혼연일체로
골망을 흔들리기 위해서
한 팀 열한 명은 혼신의
힘으로 경기를 치른다
팬들은 자기 팀의
선수들에게 응원을 보낸다
관객은 즐겁다

두릅 향

봄 향기 가득 담은
그대 향기에 난 취한다
아스라한 내 추억으로

어머니 가져오신
입안 가득 퍼지는
싱그럽게 싸르르
은은한 깊은 향으로

상위에 어머니 밀고
나도 밀고
가고 오는 접시
그대 향보다 더 진한
모정의 깊은 사랑

난 두릅만 보면
어머니의 사랑이
아리아리한 잔상으로
내 가슴 적셔 온다

아버지, 그리움으로

아버지 깊은 도량
그때는 몰랐는데
내 나이 당신 나이
세월이 가르쳐 주네

대가족 거느리시니
위로는 부모님께 효도
아래로는 줄줄이 형제 챙겨
횡으로는 거느릴 가족

대내외 많은 혈연
그 관계 전부 관장하시고
모든 이에 존경받으시고
남의 일엔 우선순위

난 어머니 한 분 항상 부족
형세들은 세 가정 잘 이끌어
세상 관계노 난소로워시고
내 가는 길은 마음만 허둥지둥

그러하니 항상 부족한 나는
아버지 당신 비법
제대로 전수, 못 받음이
이제 와 천추 후회한들

행복한 바보

해맑은 웃음
영롱한 티 없는 눈망울
아무런 요구사항이 없다
웃는다 그냥 마냥 웃는다

손 잡으니 손이 간지럽다
눈가에 눈웃음 묻어나
장난기가 가득 담겨 있다
내 눈에 꿀이 뚝뚝 떨어져
아기 얼굴 사랑이 다디 달다

이 사랑스러운 천사의 웃음
우리 모두가 가져야 할 텐데
촘촘한 밤하늘의 별처럼
아기 웃음꽃이 방방곡곡에 피어나길
당연한 희망을 꿈꾼다

두레박질

대가족 거느린
가녀린 어깨 위로
석양의 붉은 노을

역광으로 스며들던
어머니 뒷모습
두레박질 삶의 무게

아스라한 어머니 잔상
이제야 깨우치는 사랑
퍼내도 마르지 않는 우물처럼

가슴에서 꺼내보니
늦어버려 눈물도 마르고
불효자는 마음만 울고 있네

사랑하는 당신

사랑하는 당신이
편안한 모습으로
있는 것만 봐도 행복

사랑하는 딩신이
미소 싯고 있는 모습
내 마음도 웃게 되고

사랑하는 당신이
뭔가에 즐거움 가득
난 몰라도 함께 좋아요

사랑하는 당시이
희망의 웃음 가득
난 내일을 꿈꾸어요

묵주(默珠)

어머니 손끝에 묵주가 돈다
구십여 년 세월이 한 알 한 알에
태어나시고 결혼하시고 자식
낳아 기르시고 인생이 흐른다
아버지 가시고 당신 삶의
흔적들이 알마다 그 안에
살아 함께 숨 쉬는 듯
묵주 잡은 마른 손이 파란 혈관
도드라진 핏줄에 함께 돌며
지난 세월 아련히
파노라마 흐르는 듯이
나도 함께 어머니 손
잡고서 인생 묵주로 돌아본다

어머니 사랑

사 남매
사랑으로
큰 사랑 헌신으로
자식들
가 둥지로
평생을 노심초사
자식은
부모 은공을
어떻게 갚으리오

불효자

어머니
주름살에
불효자 낙인처럼
골마다
내가 있네
일찍이 알았다면
잘할걸
내 탓이로다
통탄이 가슴 친다

사랑해 며느리

기회를
만들어준
야자수 그늘 아래
모두가
행복하니
며느리 고맙구나
너희들
잘 살면서도
우리에 기쁨 주어

제2부

흘러가는 물

흘러가는 물

법화산 계곡물이
높지 않은 산인데
물이 마르지 않고
졸졸 흐르는 개울
내 몸속으로 자리하여
내 동맥과 같이
흐르는지 정 깊다
물의 흘러가는 흐름은
고향의 추억 어린 냇가든
기차에서 바라보는
차창 밖 흐르는
이름 모를 강이든
물이 흐르는 곳엔
내 마음보다 몸이
먼저 가 자리하여
내 몸으로 스며
흐르는 것일까
물이 흐르는 곳엔
내가 함께 흘러가는가
흘러가는 물이 나인가

신인 작가의 걸음마

아기 아장아장
이리 기우뚱
저리 기우뚱
보기도 불안

한 걸음 한 걸음
내딛는 발걸음
어느 발을
어디로 뛸까

유아원 어린이
선생님 눈빛 따라
갈 길을 정하는데
항상 불안 불안

이제는 초등생
입학했으니
알아서 학교 가고
운동장 뛰어보자

걸음마 시절
초심으로 조심조심
한 걸음 한 걸음
목표는 마라톤 메달

삶은 흘러가는

산다는 것
살아간다는 것
흐르는 물 같다

보이지 않는
밑바닥 험난해
이리저리 부대끼고

겉으론 유유히
속은 뭉그러져
새파랗다

동서남북
상하좌우
다 그렇다 삶의 무게

구름은 요술쟁이

하늘에 동물 구름
하얀 뭉게구름
엄마 돼지 뒤로
아기돼지 졸래졸래
엄마 따라 어디 가나

하늘 넓은 곳에
엄마 닭이 꼬꼬꼬
귀여운 병아리들
엄마 뒤를 바쁘게
엄마 따라 소풍 가나

하얀 구름
강아지 염소 송아지
하늘에 동물농장
바람 따라 노닐다가
요술처럼 사라지네

해변의 꿈

실비 날리는 해변에
짙은 안개 바람
불규칙한 파도 위에서 나는
팽팽한 줄다리기로 혼돈

나만 덩그러니
나도 나를 버리는 듯
모두가 나를 버리는 듯
고립의 시간에 빠져든다

이 가는 비 어지러운
혼란의 가닥을 찾아내
희망과 미래를 향해서
씨실과 날실로 다시 짠다

이제 비는 축복을 뿌린 후
태양은 먼 길 새로이 가는 배에
등대가 되어주길 바라고
바람은 돛에 환희의 내일로

새로운 꿈을 갖고서
나만의 곳으로 가고 싶다
어디로 얼마나 흐를지라도
꿈을 갖고 한없이 흐르고 싶다

혼돈

나를 중심으로
물 회오리치는
내 영혼은 어디인가

빙글빙글
하늘이 도는가
내가 돌고 있는가

짓눌려 오는
압박의 실체는
무엇인가

터질 것 같은
질량의 압력을
담지 못하고서

나는 어디로
사고의 영역은
혼돈의 수렁으로

망망대해 인생
조각배 출렁출렁
어디로 흘러가는가

잊어야지

슬픔을 머금은
가슴 아리는
큰 슬픈 일

당장 당할 때는
억장 무너져
일어설 수 있을까
세상 허물어지는
캄캄한 혼절 상태

하루 이틀 지나 일주일
인간은 망각의 동물
아픔의 끈을
하나씩 하나씩 놓더니
그 자리 그곳엔
세상사 채워지고

간 사람 먼 하늘나라
가는 만큼 거리 따라
슬픔의 가슴도

눈물로 희석되어
그렇게 살라고

하느님 배려인지
옳은 것인지 그른 것인지
혼돈의 강에서
허우적거리며
흘러 흘러서 흘러가는구나

아픈 삶의 끝자락

신록 예찬 읊조리는
이 좋은 푸르름으로
하늘도 눈 시린데
그대 이승에 남은
사랑하는 아내
사랑하는 어머니
그리고 형제 가족 친구들
못 잊어 어이
발길 떨어질까
멋스러운 그대 모습
씩 웃는 입가 미소
모두가 사랑받던
내외면 멋있는 신사
우리 마음 전부 가져가고
가슴 찢기 우는 이 고통
이 그리움 어이 삭힐까
오월의 푸른 햇살로 만물은
생명으로 찬란히 빛나는데
가슴은 사선으로 그어지는
고통 천길 낭떠러지 나락으로

한없이 한없이 나래를 편다
천사의 날개로 승화해
천국으로 비상하기를 바란다
우리 모두의 사랑으로
영면하기를 바란다

* 40代 젊은 조카가 유명을 달리하여 아픔으로…

억장 무너지는 이별

뭐 그리 급하다고
하느님이 부르셨나
아버지가 부르셨나

오월의 초록은
눈이 시리게 푸르른데
너는 어디로 가고 있니

운구는 대리석 바닥
덜컹거리며 살아온
삶의 여정만큼 수를 센다

새빨간 화구에
마흔일곱 해 삶을 내던져
점을 찍는다

울음소리 하늘에 가득
천사들 영접하니
그대 편히 영면하소서

* 조카의 어처구니없는 사별이 가슴 아픔으로 슬퍼하며

위태위태한 삶

산자락 품고 돌아
산등성이 길모퉁이
황토가 맨살 드러난
위에 걸쳐진
작은 소나무
뿌리 반 세상 나와
불안스레 위태하네
사는 길 험난한 길
이리저리 시달리어
이리 한 줌
저리 한 움큼
민생들 가슴 뜯기어
저 가녀린 소나무
인생사 세상사
세파에 시달리는
민초의 애달픈 애환을
뿌리 흙 반 벗겨 함께한 너
내 마음 애달프구나

5 · 18, 큰 아픔

사람은 살다
언젠가는 죽는다

그러나 자연스러운
죽음이 아닌
본의 아니게
타에 의해서 삶을
떠나게 되면
엄청나고 크나큰 슬픔을
갖게 된다
본인이나 가족 지인들
그리고 모두의 가슴에

사망자 193명
학생 시민 군인 경찰
부상자 852명
많은 너무 많은 큰 슬픔은
우리 가슴에
영원히 영원히
대못이 박혀

아픔을 잊지 못하며
세월은 흘러 흘러서

야욕은
체육관 대통령으로 결과되고
희생자들은 그들의
죽음을 인정하지 못하고
구천을 떠돌며
얼마나 통곡했을까

44년 세월 흘렀건만
우리의 사선으로 그어진
상처는 지금도 아린다
원흉도 그에 동조자들도
하나씩 희생자들과
해후의 감회가
다시는 이러한 과오들이
'비극이다'라고 결론지으며
이 땅에 평화를 지키는데
합심 기도 하기를 빈다
우리도 함께

존재의 의미

축구공보다 작은
우리 머리 안에
무한대 거미줄
이리 설키고
저리 얽히고

이념의 다양성
민주주의 공산주의
선과 악
종교의 다양성
80억의 각 개체

그 복잡다단 중
다행스러운 일
각자 개념의 차이
존재하지만
목표는 선을 향하다

만약에 악이 먼저면
그나마 우리는 벌써

존재의 가치 상실
광활한 모래사막에
모래바람만 휑하니

선의 존재가 있어
우리는 존재하리라
태초에 창조하신
신의 섭리가 있어
우리는 존재하리라

사격장의 추억

며칠 전부터 긴장
당일엔 기상부터
훈련병 군기 바짝

중요한 시험날
잡생각 버리고
오롯이 한 집중

평소에 배운 대로
영점조준 확실하게
조준사격 세 발

나는 훈련병 중
제일 먼저 합격
탄착점 세 발 명중

팔월 한여름 뙤약볕
나무 아래 하루 포상
전우들 종일 선착순

나는 인생 휴식
그날 제일 행복한
평생 스스로 귀감

혼돈의 삶

또 다른 나의 영혼
현실인지 꿈인지
내 영혼은 두 갈래
혼돈의 무아 세계
현실과 다른 안갯속
그곳이 현실일까
그 안에 언뜻언뜻
또 하나의 미지 세계
그것이 나인가
깨어난 후가 나인가
진정한 나를 찾는다
두 영혼이 다 나라면
나는 누구인가
나는 어디에 있는가
삶은 혼돈의 연속이다

순수한 사랑

얼마나 사랑이
아름다워야 순수한 사랑일까
얼마나 깊은 사랑이
순애보 같은 모든 것
다 주어야 진정한 사랑일까

사랑하는 사람과
정말 사랑을 하고
내 모든 몸과 마음을
아낌없이 다 줄 수 있을 때에
진정한 사랑이리라

항상 사랑하는 이에게
마음을 아프지 않게 하는 것과
때론 그대 보면 가슴 뭉클
가슴 화한 느낌을 갖는
그런 사랑을 영원히 하고 싶다

우정의 굴레

이성이 생각 지배
한 여성이 자리매김
그렇게 한 가정 탄생
각자의 틀을 세우고
식솔 보좌 가장 의무
선순위 가정 우선

한세월 흐르고 나니
이제 생각난다
주야장천 없으면
큰일 날 것처럼
우정이라는 굴레의
틀에서 보냈던 세월

이제 초로의
백설 내려앉은
낯익은 그대들
공유한 엊그제의
시시콜콜 술 한 잔에
우리가 거기에 그려져 있다

들꽃이 되고 싶어라

나는 큰 길가 화원에
자리한 화분 속 꽃
모두들 예쁘다
누구나 사랑스럽다
푸심한 칭찬 속에
가끔은 그러한가
나도 그 착각의 노예
양식 비옥한 흙
아침저녁 단비
허나 나는 허전타
자유의 갈망에 목이 탄다
언제 팔려가서
잠깐의 눈요기 후
거기서 메마른 고통
무관심이 주검으로
죽음보다 더 중한
종속된 굴레에서 벗어나
나만의 세상 세계
가식의 무덤에서 벗어나
내 고향 들판으로 가고 싶다

야생화로 그곳에서
자유스럽게 자연에서
흙비 바람 순결의 태양
내 동족들과 어깨동무하며
뿌리 내리고 살고 싶다

꽃의 일생

그렇게 꽃은
또, 한 세상을 맞이한다
벌을 유혹하기 위해
나비를 끌어오기 위해
꽃의 일생은 화려하게
꽃술을 꼭 감싸며
조심스레 꽃잎을 연다
이제 그들을
맞이할 준비는 다 됐다
나의 분신을
잉태키 위해
그렇게 긴 겨울
모진 칼바람 눈보라
오직 내 자식들
세상 빛 받도록
긴긴 밤 모정으로 떨었다

할 수 있다면

지난 세월 얽히고설킨
가닥가닥 끄집어내서
매듭을 풀 수 있다면

흔들리며 가는 완행열차
조건 없이 출발역에서
다시 기적을 울릴 수 있다면

굵은 소나무 껍질로 만든
꿈 실은 돛단배 띄워 보낸
시냇가로 다시 갈 수 있다면

생수 나오는 냇가
반바지 어린 시절 물장구
그곳으로 다시 갈 수 있다면

서산마루 해 질 녘 태양
벌겋게 온몸 불사를 것처럼
맘은 아직 청춘예찬인데

봄바람

회전목마 돌듯 돌아간다
땅이 돌고 하늘도 돈다
나도 돌고 너도 돌고
모두가 돌고 돈다

빙글빙글 놀고 도니
갈팡질팡 어지러이
중심이 흔들린다
어디로 돌아가나

내 중심 혼란스러우니
모두가 어지러운가
모두 다 돌고 있으니
내가 어지러운가

밤낮 지구가 돈다고
그러하지 않으리라
태초의 순수함으로
갈증이 목마르다

아름다운 봄바람 불어와
그 바람으로 나 좀 깨워줘
너도 나도 모두 제모습으로
어지러운 세상 좀 올바르게

거미의 모정(母情)

어미 거미
몸을 내어주며
자식을 먹이 우고
눈 감는 모정

주홍 거미과의
벨벳 거미 자살적
모성본능 가히
경이로움 가득

나는 몰랐던
그보다 더 큰
하늘 같은 어머니 사랑
거미에게 배우네

내 마른자리
어머니 굳은살
내 나이 하나에
어머니 주름살

내 흐르는 세월이
어머니 세월 갉아먹고
어머니는 가는 세월
아아 어머니

저승사자와 만남

몇 년 전 과천 길에서
운전 중 두 시, 세시
방향에 가드레일 위에
검은 갓두루마기
저승사자와 맞닥뜨렸다
순간의 일이었다
4~50m 훌쩍 지나
차를 세워 내려보니
벌써 사라지고 없었다
정신 가다듬고 아래를 보니
갓 조성한 새 무덤이
다소곳이 자리하고 있었다
생화로 된 조화 가득
새로운 죽음에
등재 하러 왔나
난 분명히 보았다
옆구리에 낀 책 같은
흐첩 없는 눈 평균 키
혼돈스럽다
이리 가나 저리 가나
가는 인생 저렇게도 가나
난 카톨릭이다

자아는 나락으로

컴컴한 어둠에 갇히어
세상이 주는 모든 소리가
나는 단절되어 안 들리는가
들리는지 안 들리는지
안 듣는지 모르겠다
방황의 날개만 허우적댄다

수렁으로 한없이 빨려간다
깊은 나락으로 내려간다
어둠이 칠흑처럼 감싸고
태아의 웅크림으로
무아의 나는 별똥별처럼
우주에서 미아가 되는 것처럼

제3부

선악의 역사

감사합니다

구순 어머니
잔병 없으시며 강건하시니
무엇보다 매일매일 감사합니다

내 눈에 가득 사랑스러운 아내와
건강하게 변함없이 서로 위함에
제일 감사한 일입니다

아들딸 결혼하여 건강하게
사랑 가득 사위 며느리 손자들
행복하니 감사할 따름입니다

허심탄회 무엇 하나 모르는 것
없는 만난 지 반 백년 훌쩍 넘은
친구들 희희낙락 감사합니다

올 한 해도 무탈 속에서 평화로움
가득한 한 해를 보내게 되어
참으로 감사합니다

많은 감사를 모르고 부족함만
탓하던 수렁에서 불현듯 깨어난 계기에
깊은 감사를 갖습니다.

한가위

보름달 두둥실
우리 손자들
맑은 눈망울에
사랑과 희망이
가득하네

아들딸 식구들
모처럼 다 모이니
웃고 재롱떨고
손짓하나
몸짓하나
모두 다 박장대소

그 옛날 선조들
그 기쁨으로
고난의 길에서도
한가위 같은
즐거움이
가득했으리라.

엄마 얼굴

파란 하늘 뭉게구름 사이
엄마 모습 나타났다가
다시 보면 사라지는
그리운 엄마 얼굴
아마도 친국에 가시는 길
미움으로 오고 품에
발길 떨어지지 않으셔서
구름 사이로 보고 또 보고
네 손가락 자녀 다 아프지만
10살 막내 어린 딸
간절 애절함의 엄마의 아린맘
뭉게구름도 함께 슬퍼했네

* 60년 전 아내가 엄마 가시고 구름만 보아도 슬펐다

허허, 세월만 가네

허탈한 빈 세상이
허허한 모습으로
허전한 빈 마음에
허망한 시간 흐름
허무한
허장성세로
허구한 날만 가네

홀인원

짜릿한
파크골프
정확한 힘과 방향
홀 컵에
또르르 꽁
모두가 환호하며
박수로
하이 파이브
운과 실력 합작품

별이 된 소방관

활활 타오르는 불길에 휩싸인
숭고한 희생이라

젊은 청춘
가슴에 사선으로 긋는 통증
멈추어지지 않는구나

문경새재 웬 고개인가
아아 그 고개 넘지를 못하고
애기 같은 젊은 나이
피워야 할 인생 불에 훨훨
태워 버리네

노상 주절대는 장비 인력 부족
물류창고 공장 동의어 반복

위정자들 치매환자 인가
자기 발등에 불 떨어지면 알까

이제 와 훈장 추서 뭐 하겠나

유족들 평생 가슴 무너지라고

간곡히 부탁한다
너와 나 편을 가르지 말고 모두다

우리는 한 가족
모두가 시민이다

* 27세 김수광 소방교, 35세 박수훈 소방사
삼가 고인의 명복을 빕니다.

풋볼Football

우주의 외계인
지구 아름다움
상상 도취 비행

그들의 눈에
전혀 생뚱스러운
볼 하나 온 열정

그걸 그렇게
그냥 그림으로
그어내면 될걸

이 횡성인들
이해불가
숙제를 못 풀겠네

우리의 애국
우리의 승부욕
별 중의 별
대~~한~민국

법화산 호국영령

법화산 산등성이 길목에
M1 총 위에 철모 형상
6·25 격전지 기념비
머리 숙여 묵념을 한다

70여 년 전 교진
총성 소리 긴박한 외침
생사 오가는 절체절명 위기
눈 감으니 그 상황 그대로

교전의 방어선을
병사는 오롯이 총력
사선을 지키겠다는
무념무상의 혼전

자신도 가족들도 지키지
못하고 오식 소국 위해
눈 감으면서 스치는
짧은 생 파노라마

봄에 폈던 혈흔 같은 진달래꽃
듬성듬성 용사의 흔적인가
가신님 영령 고이 잠드소서
우리 조국 평화를 꿈꾸리라

* 지금도 접근금지 비닐띠로 막아 놓고 유해발굴하고 있는
격전지였던 법화산. 그리고 전국 산하에 묻혀 있을 호국영
령들에 보훈의 달을 보내며 지금의 평화가 그대들의 순국
으로 이루어진 숙연한 현실에 감사히 묵념한다.

호국영령 앞에서

법화산 정상 길목
70여 년 전 교전 현장
총위에 철모 추모 형상

오랜 세월 흘렀건만
눈 감으면 들리는 듯
혈전의 아우성

젊은 피 끓는 피
오직 하나 조국 위해
혈기로 민족 위해

못 피워본 인생
사랑하는 가족들
어떻게 눈 감았을까

석양의 노을빛 빛으로
병사의 멍든 가슴 위로하네
호국영령들에 머리 숙여
영원토록 가슴에 새기리

피리 부는 사나이

산자락 품고 도는
마을 어귀 솔솔 날리는
송홧가루 정감 어린
골목길 그 옛날엔
개구쟁이들 시끌벅적

나그네 옛길을 찾아
이리 기웃 저리 기웃
돌담길 키 너머로
안마당 살펴봐도
삽사리 한 마리 짖지 않네

골목마다 또래 아이
구슬치기 고무줄놀이
피리 부는 사나이 따라
모두들 어디로 갔나
적막강산 암울하다

봄날의 신안 잿빛

뿌연 잿빛 하늘
마음도 흐릿해 어둡다

세월은 흘러 십 년
모두 구조됐다고
가슴 쓸어내리고
다시 조난 총체적 난국

피워보지도 못한
어린 봉오리들
잘잘못도 못 가리는
흐른 세월 그때나 지금이나
난감 이태원

어디서 막힌 건지
꽉 막혀 목이 멘다

이십 대 중반 되어있을
청춘의 꽃 그 꽃들의
영전에 또 하나의 부끄러운
슬픔을 올려놓고
망연자실 슬픈 시대

봄비

맨 논바닥 물이 차니
마음도 여유 찰랑이고
벼 심을 날 기약 안 했지만
눈앞에 진초록 벼들이
바람에 휘날리듯 하는구나

농부는 긴 겨울잠에서
깨어나 무료한 암소
토닥토닥 앞으로의
수고를 미리 보상하듯
올 한 해도 풍년 꿈꾸네

투표

한 표 한 사람
한 표 한마음
한 표 내 마음
한 표 희망 맘
한 표 국민 맘
한 표 나라길
한 표 번영길
한 표 운명길
한 표 중요성

우리나라 선거

긴 관전은 끝났다
별로 몰두는 안 하는데
괜스레 마음과 눈길이
결과의 승패는
각자의 몫
허위 가식 거짓
진실 진정성 정의
흑백의 다툼
현명한 국민이
모처럼 할 수 있는
권리 행사
우리나라 좋은 나라
역동의 국민성
좋은 사람 거의 다
아름다운 우리나라
헝클어진 마음
흔들어 깨우쳐
다시 서는 우리나라

어머니와 투표

구순 넘으신 어머니
손 꼭 잡고 걸었다
키가 크셨는데
세월이 어머니 키를
많이도 갉아먹었다
그래도 당신은 씩씩하고
허리도 곧으시고
말씀도 밝으시다
칠순 아들에
투표 중요성에 강조하신다
후손의 안녕 무고를
가슴에 품고 계시리라
투표 후 앞으로
몇 번 더 투표할 수 있을까
다섯 번은 하셔야죠
열 번이라 말씀드리려다
절반으로 줄였다
어머니 잡은 손이
힘이 주어지면 따숩다
이번 투표는 뭔가
잘 될 것 같은 느낌이
어머니 손을 통해서
따뜻하게 전해진다

투표의 중요성

한나라의 운명은
한사람 잘해야 하는
먼 옛날 봉건주의나
왕이 군림하던 그때

지금 민주주의 시대
국민이 우매하면
그 국민 고달프다
그 나라 유권자가
냉정하고 현명할 때
민주주의 꽃 피고
나라가 평안하고
국민이 태평 만만세

그래서 투표는 중요

대보름

방패연에 좋은 일
궂은일 다 소원
이뤄지길 기원하며
연줄 끊어 빌어 보기

깡통에 솔 옹이 골라
오래 잘 타게 돌리고
짚단에 불붙여
빙빙 돌리기

시루에 익어가는
오곡으로 건강 생각
귀밝이술 한 잔으로
세상사 잘 듣고

모든 천지신명
끽자 신에 풍요 안녕
잘 모신 농경사회
올해 농사 풍년일세

삼일절(三 一 節)의 묵념

오늘은
숙연(肅然) 해지자
安重根 義士, 柳寬順 烈士
尹奉吉 義士, 李儁 烈士
尹奉昌 義士, 孫秉熙 先生
金會榮 先生
독립운동가 33인
이외 많은 분들
열거키 어렵다
이러한 독립운동가가
대한민국(大韓民國)을 지키기 위해
살이 타고 뼈가 으스러지는
고통 속에서 귀한 목숨 바쳐가며
나라를 지키겠다는 일념으로
이 나라를 가슴에 품으셨다

조국을 사랑하는 활활 타오르는
애국심(愛國心)이 있었기에 오늘의
대한민국(大韓民國)이 존재하고

우리가 따뜻한 집에서
평안을 누리고 평화의
우리나라에서 지낼 수 있으리라

 순국열사(殉國 烈士)들에게
우리 모두 깊은 감사를
가슴에 새긴다

옷깃을 여미고 머리 숙여
묵념(默念)으로 삼일절(三一節)을 보내리라.

휴가

푸른 바다 야자수 그늘아래
온몸의 뭉친 힘을 풀어놓는다

저만치 나는 두둥실 떠 다닌다
흰 광목천 길게 풀어 흐르듯이

아스라이 들리는듯한 소음들
삶의 톱니에서의 잡음들 잊고

해변의 잔바람 많은 모래알과
감사히 행복의 파도 소리 듣는다

선악의 역사

인간의
마음에는
선만이 있는 것도
악만이
있는 것도
절대란 없다는 깃
인류의
살아온 과정
선악 치열한 경쟁

대흥사

두륜산이
포근히 안은
백제 때 창건 천년고찰
오백 년 넘은 고목들과
어우러진 대흥사

다선일미(茶禪一味)
조선 정조 때 초의 스님
일찍이 차와 선은
하나라고 하셨으니

사찰 양 갈래 맑은 계곡
흐르는 청아한 물소리
정좌한 스님의 백팔번뇌
양 줄기 계곡으로 흘러가네

거대 소나무 웅장한 고목들
인내와 절개의 대나무군(群)
석양의 빛 어우러져 아름다운
고색으로 찬연한 대흥사

광부의 삶

삶의 압박으로
광부가 앞만 보며
석탄을 캐 나가는 것
오직 보이는 건
석탄이 흑벽(黑壁)
이걸 허물어야 내가 산다
전체가 허물어지면 안 돼
삶의 강박에 사는 방법
옆을 볼 겨를 없이
집중하지 않으면 도태 현실
땀과 가끔 삶의 무게를
못 이겨 흐르는
눈의 짠물도 훔쳐낸다
가슴으로 흐르는
울컥울컥 삶을 안고서
월급날에 삼겹살 한 덩어리
소주 한잔 칼칼한 복을 죽인다
무거운 곡괭이 내려놓는 시간

정의(正義)

어두운 장막이 드리워진
밤이 모든 것을 감추려 든다
선한 백의(白衣)도 검다
단지 검게 보일 뿐이다
나쁜 이들은 어둠을 이용해
검으면서도 선한 이들과 같이
혼돈의 먹물을 뿌리며
선한 척 마치 잘하고 있는 척
그래서 지구는 밤낮을 둔다
흑심의 잘못됨을 밝히려
빛을 비추어 진실을 깨우친다
빛이 없다면 벌써
악의 검은 무리들로
세상은 넘쳐나 그들이 옳은 양
밝음은 없어졌으리라
태양이 비추어 추악한
검은 무리 밤사이 자란
싹을 불태우고
밝은 세상을 건재하게 하나니
밝은 태양을 정의라 일컫는다

정의는 우리의 양심이며
밝은 태양과는 친구다
백의민족은 영원히
찬란하리라
태양이 밝은 날까지
영원히 건재하리라
정의롭게

밀정

독립운동가들은
나라 잃은 설움에
땅을 치며 통곡했다
의연한 마음으로
목숨 연연하지 않고
나라를 찾겠다는
굳은 의지 가상했었다
그러함에 반하여
일제의 앞잡이 노릇
아닌 것처럼 위장
나라를 팔아먹고
쥐꼬리 같은 끄나풀로
비굴한 인생살이
해방 후 바로 색출
죄를 물었어야 했는데
한 백 년 지났음에도
역사는 평가해야 하건만
그 잘못된 행위
비굴한 눈웃음으로
조국의 보배들을

고자질하여 참혹한 비극의
대가로 받은 금붙이로
후손들은 호의호식
나라의 근간이 흔들리니
적폐를 청산하지 못한점
옳고 그름 정의의 문제다
나라가 똑바로 서지 못할때
혹여나 그러한 암적인
존재의 뿌리들이 지금도
곳곳에 숨어서 나라를 좀먹고
흔드는 것이 아닌가 하는
의구심이 드는 건 나만의
생각일까

독립운동가

백여 년 전
나라 잃은 울분을
의인들은 의연함으로
뜻을 세우고
수많은 고난 고초를 겪으며
이 나라를 되찾기 위해
독립운동에 귀한 목숨
나라에 바치고
혹한의 타국에서
혹독한 어려움을 견디며
또한 자국에서 외국에서
독립자금을 조달
본인 재산 및 주위 모금
나라의 혈류를 돌게 한
숭고한 운동 지금의
이 나라를 존재케 했으니
대한민국의 평화는 그들의
희생으로 이루어졌으리라
국민들과 위정자들은
가슴 깊이 애국자 들을
새기어 이 나라를 감사히
지켜나가야 할 것이다

제4부

자연의 섭리

눈(雪)

함초롬히
빛 그리는 외로움에
흩뿌려지는
백설의 날림이여

모두가 떠난
발가벗은 가지에
한낱 한낱
와 닿는 속정이여

언제 발길 찾아올 지 모를 들녘에
세세히 모여드는 편린들
하 넓은 사랑 같음이여

보기에도 시린
겨울 호수 위에
포용의 덕을 베푸는
새하얀 융단이여

아무도 찾아오지 않는
깊은 꿈 더 황홀토록
오래감 같음이여

겨울 저수지

은백색 펼쳐진 서산아래
하 많은 사연 안고서
요요하게 적적하네

강태공의 눈망울
잔 물결위에
울렁거림은 언제였던가

적막 속에 감추어진
그대들의 대화가 들리네
조금은 춥더라도
한없는 평화

봄이 오면
따뜻한 햇살
풍요로움으로 설렌다

또다른 세계
펼쳐지겠지

지난 산행

하늘아래 운해 덮인
먼 평야 아스라이 금수산
국립공원 월악산 정상에서

영암 넓은 들판
바라본 월출산 바위 뚫고
오른 천황봉 정상

한라산 정상 올라
백록담 분화구 살피고
쉼 없이 내려오는 하산길
반겨주는 분제급 아름다움
그 자리 그 모습 그대로 있겠지

설악산 새벽녘 대청봉에서
바라본 감사한 동해 일출
용의 이빨 공룡능신
참으로 이름답고 귀힌 산

지리산 치악산 오대산 그리고

백두대간 삼백여 산행들
나를 받아줬던 산들 돌이켜
볼수록 이젠 감회만 새롭다
아름다운 순간들이었다

그 옛날 여름밤

태양의 열정이 노을로
쑥대 말린 모깃불 잔잔히
뒤뜰에서 오는 잔바람 흐르고

큰 평상 그 옛날 라디오
온 가족이 애청하 드라마
해당화 피고 지는 섬마을 선생

어머니 수박 쪼개시고
잘 영근 옥수수 하모니카
여름 밤하늘 은하수 장관

감나무 감 익어가고
밤나무 가을로 가는 여름
잘 익어가는 여름밤 풍경

구름의 선물

맑은 하늘
시야가 넓고 멀다
파란 하늘
구름은 뭉실뭉실

저 멀리 높지 않은
우리네 평범한 산
길게 병풍처럼 누워있는
우리 강산 산꼭대기

오월의 흰 눈이
풍성하게 길게
알프스산맥처럼
흰 눈이 얹어있다

구름이
하얀 뭉게구름이
예술의 혼으로
마음을 알프스로

인천대교

큰 다리 사장교
저 높은 다리
철선들의 아름다운 사선
하늘은 푸르고
아래 더 푸른 바다

오대양에서 온
큰 배들
대교에 걸맞게
오고 가고
저 멀리 수평선 따라

육 대륙 쉴 틈 없이
비행기는 날아
오고 가는구나
미지의 세계를 품고서
세계의 비행기들

석양의 붉은 노을
빛 받는 잔물결

바다는 눈부신 아름다움으로
지나가는 여행객
풍경에 눈길 멈추는구나

개미의 하루

도시의 아파트
그래도 나무와
정원이 조화를 이루고

우린 거기서
삶의 터전을
이루고 서로가 열심히

내 가족 내집단
그리고 나 위해
최선을 다하는 우리다

오늘은 비 온 뒤
집 못 찾은 새끼
지렁이 커다란 수확물

이렇게 횡재를
운수 대통이다
이거면 기뜬히 한 달 몫

생명력 경이

바람에 날려 왔을 거야
육 차선 한가운데
중앙 분리대 자리 잡아
씨앗이 나무 되어

환경미화원
나와 같은 생각으로
너무 경이로워
하루하루 미루다가

이제는 일 미터 넘게 자라
구청장님도 시장님도
뽑지 말고 베지 말고
기념수로 승격 희망

신록 잔치

이제 다 컸다
연초록 여리디
여린 어린 잎이
손바닥 크기로

오월의 신록으로
제 몫을 다하여
풍성하게 펼친다
푸르게 푸르게

겨울 삭풍의 눈보라
벌거벗은 허기진 추억
이제는 새싹 꽃 잔치 후
푸른 산아 눈이 시리다

겨울산 봄산

산기슭 돌아
산등성이로 펼쳐진
푸르른 숲을 이룬
눈 시리게 진녹색
제모습 찾아온
나무는 푸르르고

겨울산 썰렁한 삭막
삭풍에 살은 아리고
몸은 웅크려지고
그곳 고라니 산양도
생과 사 굶주림으로
봄을 그리워했으리

이제 초록 잔치로
갓 피어난 어린순
입안에 녹아나니
산이 푸르러
산천이 풍요로워
우리네 맘도 풍성

자연의 섭리

봄 햇살이 따사로이
온 대지를 안아주니
초목은 감사함으로
싱그레 초록 잔치

산골짜기 무아 모아
계곡에 흐르는 졸졸
시냇가에 합류해
송사리들 반가워

흘러가는 물길 따라
산천이 섭리에 맞게
돌고 도니 우리네 삶
그에 맞는 순리대로

봄 백설

눈발이 날린다
펄펄 날리지는 않지만
흩날리는 백설이
한데 분홍 눈발에
화들짝 놀라게 한다
나는 꿈을 꾸고 있나
스치는 온화한 바람
봄바람이 분명하네
꿈이 아닌 봄이네
벚꽃 덕분에
계절 초월 환상
꽃잎 날리는
꿈결 같은 어느 봄날

4월의 설렘

모든 초목들이
약동의 출발 선상에서
다 함께 숨죽이고
설렘에 떨고 있다
저 아랫녘은 벌써
한참은 되었겠네
잎이 아기 손 크기로

윗녘은 급한 마음
버드나무 제일 먼저
눈 아리아리 연초록
개나리 병아리 꽃
벚꽃 은백색 순수함
목련 애절함으로
봄의 찬가 부르네

진눈깨비

눈도 아니고
비도 아닌
눈비 함께
어우러진 너

겨울옷자락
부여잡고
투정 부리는
심술쟁이

삼라만상
따스한 볕의
온정을 저리
갈구하는데

보내는 이의
심통스러운 맘
기다리는 봄은
앙가슴 아린다

여린 새싹

스치는 찬바람
아직 이른 봄
볼에 와닿는
시린 진눈깨비

여리디 여린
새싹 봉우리
이리저리
어찌하리

맘 앞선 새싹 아기
벌 나비 먼저
만나보려
봄길 나섰다가

어그러진 새봄
해님이 뜨겁게
안아주길
애절히 기다리네

눈꽃 시샘

눈꽃으로 나무
하얗게 단장하고
봄을 맞이하기
싫은가 보다

앙상한 나뭇가지
연초록 파릇함이
손에 닿을 듯
봄이 오는가 했는데

하이얀 꽃잎으로
눈꽃나무 치장하며
겨울 동화로
봄을 잊게 하네

겨울의 욕심이
봄은 아직 오지 마
하얀 눈이 할 수 있는
시샘으로 백설의 난무

봄꽃 고민

봄 햇살이 볼을 간질인다
잎새를 어루만지고
꽃잎도 쓰담쓰담
꽃샘추위 마음 다쳐
토라져 뒤돌아 있지만
벌 나비 만나는 설렘에
가슴은 벌써 두근두근
남녘에 친구들 벌써 나와
신방을 차렸다는데
그 소식에 맘은 갈팡질팡
햇살이 조금만 더 안아주면
모른 척 다시 돌아앉아
벌 나비 만나러 갈까 보다

집 앞 개울

졸졸 졸 흐른다
법화산에 모여
어깨동무
사연이 넘쳐나
쉼 없이 졸졸 졸
잔돌 큰 돌바위
연인 되어 정겹게
친구 되어 조잘조잘
방금 만난 새 친구
반갑다고 서로 인사
도란도란 정을 쌓고
저기 냇가 지나
탄천 큰물 만나
한강까지
두 손 꼭 잡고
헤어지지 말자고
애틋하게 부르는 사랑의 노래
정겨운 웃음이 넘쳐서
졸졸졸

마이산 돌탑

일억 여 년 전 마이산
자갈 모래로 뭉쳐진 역암
일찍이 홀로는 외로워
나란히 암봉 수봉이란다

오랜 세월 비바람 눈바람
풍화에 시달려온 두 친구
자연의 모진 풍상 힘든 여정
생채기 자국 듬성듬성

한세월에 돌 하나 둘 낙석들
탑사의 스님도 어쩌겠는가
그 여파 세월 쌓아놓은 듯
마음 달래며 한돌 한돌 고행

원추형탑 외줄탑 80여 돌탑
한 중생 두 중생 마음 나스리듯
스님 손바닥 세월의 곧은실
가슴에 안고 올린 고행의 세월

이제는 산 중턱에 올려놓은 불심
자연의 섭리를 달래 보려는가
석양 붉은 노을 좌불상 눈빛은
중생들이 더 안타깝다 하네

산행

아직 산자락에서 올라오는
봄바람 매섭지는 않지만
부드러움을 기대하긴 이르나
원만한 산등성이 편안하다

한두 시간여 땀 흘리기 가벼워
대청봉이나 치악산 등정의
체력 단련 추억을 떠올릴 여유
휘파람도 졸졸 내 뒤를 따른다

끝없을 것 같이 오르기만 하던
고봉의 악산들에서 땀 흘리며
들이킨 산소 보약이 돌이켜 보면
지금과 앞으로의 건강을 지키리라

백두대간 새벽 두 시 산행시작
오후 다섯 시 버스가 있는 곳으로
열다섯 시간 땀으로 등정 후 하산
지금도 호프 한잔 막걸리 한 사발
그 맛만 추억으로 가득 넘쳐난다

한강

도도히 흐르는
우리의 젖줄
몇천만의 생명줄
우리를 살리고 살아온
생명의 근원
우리 민족의 산 역사
강원도 충청북도
졸졸 졸 방울방울 모여
골짜기 내 이루고
두물머리 모여
힘을 합치니
한강이로구나
고수 부지 개발하여
시민들의 휴식처
수많은 한강공원
고고히 흐르는
500km 달려온
그 수고에 아름다움으로
선조들 부른 이름
아리수 아리수 아리수
한강의 기적이라고
세계가 인정한 강

금계국

언제부턴가
우리 눈에 익숙한
금계국 자리하여
눈길 가는 곳마다 만발

항상 밝게 빛나는
긍정의 힘으로
밝은 황금색
마음도 풍요로워

번식력 뛰어나서
길가 야산 들판
노랑 물결로
꽃의 축제를 펼치는구나

생태계 교란 식물이든
어느 나라 꽃이든
꽃은 피어 눈은 즐겁고
내 마음은 아름다움 가득

여름은 가고 가을이 오네

바람은
살랑살랑
벼 이삭 흔들리니
보기도
평화로워
지나는 강더위도
구름에
몽실몽실히
흘러서 가는구나

꽃의 사명

생명을 잉태한
봄날은 점점 뜨거워지는
햇살에 익어간다
화려한 꽃 잔치가
모두의 축복으로
벌 나비 날갯짓 따라
태양의 선물로
비의 고마움과
바람의 부추김으로
결실의 길을 걷는다
머리 위 해가 기울어지며
뜨겁던 빛이 어루만지고
그렇게 봄날은 가고
여름을 맞이하며
시간은 스러지면서 가을로
결실의 계절로 간다
꽃은 봄의 대가로
사명을 다히며
봄은 그렇게 흘러 흘러간다

민들레 홀씨 날아가고

모진 풍상 견디며
이른 봄 꽃샘추위도
꿋꿋이 이겨내고
꽃대 세워 노란색으로
어여삐 피워 맘껏
뽐내도 보았다
벌 나비 나를 찾아오고
으쓱한 아름다움으로
봄의 시절은 그렇게
흘러가고 흘러갔구나
이제 금쪽같은 내 새끼들
분가시키고 떠나보내니
그 화려했던 엊그제 봄날이
이제는 한낱 꿈이었던가
아직 봄바람 불지만
난 한 시절 지내고
남은 시간 홀로이
화려했던 봄날을 그리며
내 뿌린 씨앗들 무탈하게
번성하기를 바랄 뿐이다

몽돌의 세월

바다와 육지의 갈등
끝없는 이질감으로
그 사이에 완충의 세월을
달래고자 모난 부분 깎이며
난 몽돌이 됐다
울퉁불퉁 이리저리 부대끼며
한없는 채찍의 아픔으로
세월을 갈고 닦았다
초승달 애처로이 바라보며
밤하늘에 인고의 시간만
흘러가고 있다
몽돌의 오르락내리락
소리에 맞추어

제5부

아름다운 꽃 향기

아름다운 글로

아름다운 사람이

아름다운 마음으로

아름답게 펼쳐나가면

아름다움 가득 꽃이 핀다

아름다운 꽃이 만발한 곳에

아름답게 사랑의 향기 날리며

아름다운 사랑 향기 그대와 함께

개구쟁이 겨울나기

살 애는 모진 칼바람
아랑곳하지 않고서
들판 깡통 불놀이
잔가지 모아 핀 모닥불에
불똥 튀겨 난
송송 구멍 난 나일론
양말 사이로 어머니
걱정 얼굴 겹쳐지네

한겨울
얼기설기 어설픈 옷
냉 바람 살 속 파고들어도
눈 덮인 산
산토끼 잡으러
오르락내리락 쫓던
개구쟁이들
멀어져 간
산토끼 바라보면서
그제야
언 발 동동거리네

사고의 졸렬

한 가지 목표로서
다 같이 잘 살자는
국민의 민주주의
헌법에 명시된걸
한사람
그릇된 생각
국민 모두 힘들어

온 국민 아프게 한
마음이 너무 춥다
국민은 알고 있다
후세에 웃음거리
누구나
알고 있는데
한 사람만 모르네

전쟁의 참사

우리 모두
전쟁의 참사
잊지 말고 기억하자

전쟁 전후 출생자
온 국민 하나같이
우리의 아픈 역사

내 집은 버려두고
집도 없는 곳으로 가는 맘
산천 천지 피난민

달구지는 그래도 호강
지게에 어린 자식
좀 크면 걸리고

눈보리 모진 비림
살과 가슴 에인
민족 전체 고난길

피난길 금수강산
곳곳에 피비린내
못 볼 민족의 무리 주검

전쟁 참사 가신님
과거 현재 미래도
영원한 아픔으로

민족의 이름으로
전쟁 가해자
온 국민의 철천지 원수

국민 모두가
정신 차려 역사 교훈
다시 반복은 절대 불가

시름없던 세월

아카시아 한줄기
가위바위보
시름없이 세월 따서
앞 냇가 졸졸졸
물에 띄워 흘려보내고
물에 발 담그고
조약돌 골라 앞마당
앵두나무 아래에
그날의 한 점 한 점
채색으로 그려놓고
네눈박이 검둥이
세상에 제일 친구
목 얼싸안고 뒹굴며
세월은 아름답게
흘러 흘러서 갔구나

철로 위 못

십 리 길 내달려
도착한 외갓집
반가운 외할머니
내 볼기짝 토닥토닥
사랑은 뒤로하고

집에서 가져온 못 서너 개
외할머니 모르게 잠행
기찻길로 달려가
철로 위에 못을 일렬로
저만치 떨어져 기다린다

언제 오나 기다리면
키만큼 큰 철 바퀴
증기 내뿜으며
위용을 뽐내며
철마는 달려온다

기차 지난 철로 위
납작해진 생소한 못
친구들에게 자랑
큰 못 하나 딱지 열 장
추억으로 다시 소환

이등병의 자장가

속초 물치 앞바다
몽돌의 몸부림
쏴아 쏴아
샤그르르 샤그르륵
밤에만 들리는
천년이 자장가
갓 이등병 병사는
낯선 밤하늘
천둥 같은 소리에
아스라한
어머니 자장가
기억하느라
밤새 잠 못 이뤄
뒤척이는구나

아기 곤충

차창 앞 유리
너무 작은
갓난아기 곤충
요 며칠 사이
태어났나
엄마 손 뿌리치고
날아왔나
메뚜기 아기인가
여치 친구인가
내 동심으로
날아가려니
내 마음 알아채고
예쁜 나래 펴며
봄으로 날아가네

물꼬

물 받아 놓은
얕은 물
찰랑찰랑
논바닥 물꼬 막고

황새 날아와
잘 되었는지
이리저리
살피는가 성큼성큼

잘 되었나
바랐더니
맘은 저기 가 있네
개구리만 쫓는구나

봄비 (2)

모두 다 잠든
밤에 내리는 비
오롯이 젖어
대지에 사랑이다

소란스럽지 않아
고스란히 봄의 향연에
실루엣으로
몫을 다한다

이제 연초록 파릇
무한의 잎새들은
망설임 떨쳐버리고
생명의 환희로 일어나

시냇가 버드나무
일찍이 앞서 가지만
늦지 않은 초행길
이제 팡파르 울린다

꽃들의 향연은
축복을 노래하고
푸른 잎새는 생명을
이루는 근간이 되리라

연옥 봄 새색시

가분가분 봄비
잎보다 먼저 핀
꽃들에게 생기를
꽃은 만발 환희

봄비 내린 후 청량
아름다운 꽃길 따라
사뿐사뿐 새색시
봄나들이 나선다

연옥색 하늘빛
솜털 뭉게구름
언뜻언뜻 새색시
사랑스러운 치맛자락

수줍은 듯 뭉게구름
뒤로 숨은 그녀
봄노래 부르는지
사랑이 몽실몽실

파크골프의 즐거움

골프와 흡사한 운동
맥락은 거의 비슷
하 넓은 필드 축소
나이 들어서 적합

필드 짧고 좁으니
비거리 그에 맞게
적당한 거리로
공학 설계 골프채 하나로

공도 홀도 크고
걸으며 목표 달성
18홀 몇 번 돌면
운동하기 딱 좋다

진정한 친구

친구들
술 한잔에
내 마음 하늘 붕붕
부족한
나를 위해
너야 너 친구구나
떠받친
당신들이 짱
영원한 내 친구들

오미자

흰 눈 흩뿌려지는
매듭 달 중순에 보는
귀한 붉은 보석

모두들 가고 난
쓸쓸한 나뭇가지
단풍들도 떠나가고

허허로운 내 가슴에
붉은 혈을 채워주듯
그대 사랑이 두근두근

벼꽃이 피어

혹서에
푸른 줄기
힘찬 색 유지하며
꿋꿋함
잃지 않고
잔잔한 푸른 물결
바람에
벼꽃 날리니
가을이 오고 있네

내 친구들

우리 동네 냇가에
내 친구들 식구가
많이 많이 늘어나
이리저리 떼 지어
생동감이 넘쳐나
내 친구들 폭우에
휩쓸리지 않고서
잘 견디어 장하다
불청객이 올 때면
돌 틈으로 숨으며
숨바꼭질 잘하여
오리들을 조심해
내 친구들 냇가에
평화 가득 기원해

손자와 손잡고

따스한 사랑으로
월드컵 경기장에
손흥민 왕 중의 왕
토트넘 주장으로
십 년의
영국 축구사
고난과 환희 영광

축구를 좋아하는
공통의 관심사로
평상시 운동장에
손자와 땀 흘리며
오늘은
관중으로서
함께 해 사랑 시간

* 사랑하는 손자 준혁이와 즐거운 시간

따뜻한 인간애와 사랑에 대한 성찰

– 차상일 첫 번째 시집 『꽃향기 바람에 날리고』

최봉희(시조시인, 평론가, 글벗 편집주간)

　시경(詩經)을 편집한 공자는 시의 기능으로 인간의 성정을 정화하고 세상과 인간을 교화시킴을 강조했다. 공자가 『논어』 「양화(陽貨)」 편에서 "시는 사물에 감응해 비유할 수 있고, 풍속을 살필 수 있고, 많은 벗을 사귈 수 있으며 정치를 비판할 수 있다."고 말한 바 있다. 또한 유협(劉勰)은 『문심조룡(文心雕龍)』에서 "시란 잡는다는 뜻이다. 즉 사람의 성정을 잡는다는 것이다."라고 말한다. 이때 성정이란 인간의 성품으로서 항상 도덕적이고 윤리적으로 순화되어야 할 대상을 말한다. 다시 말해 '시는 인간의 내면에 대한 성찰을 돕는다.'는 의미다. 이에 시인 내면의 고통과 에너지를 관찰하고 지각하는 일이면서 또한 시를 읽는 독자의 내면을 그에 견주어 관찰하고 성찰하는 기회이기도 하다. 모든 것이 빠른 속도로 진행되는 현대사회의 일상 속에서 시를 읽는 일은 내면의 성숙을 꾀하는 일로서 의미와 가치를 지닌다.

　시는 언어예술이다. 아무리 사상이 위대하고 시적인 발상과 감수성이 뛰어나다고 해도 언어가 뒷받침되지 않으면 훌륭한 시는 탄생할 수 없다.

차상일 시인의 첫 시집 『꽃향기 바람에 날리고』에 실린 115편을 정독해 보았다. 그의 시집에 담긴 말글을 살펴보면 '사랑(85회)', '꽃(45)', '어머니(35회)', '바람(30회)', '친구(19회)', '아버지(13회)', '가족(13회)' 등이 빈번하게 사용되었다.

유수 차상일 시인의 시를 읽으면서 시가 주는 즐거움과 위안, 그리고 존재가 지닌 자유로움의 가치를 생각해 보았다. 다시 말해 내면의 성찰과 성숙, 정신적 깨끗함과 강인함으로 천천히 이끄는 힘을 만날 수 있었다.

나는 이를 "따뜻한 인간애와 사랑에 대한 성찰"로 요약할 수 있었다.

그럼 유수 차상일 시인의 시 작품을 살펴보자.

산다는 것
살아간다는 것
흐르는 물 같다

보이지 않는
밑바닥 험난해
이리저리 부대끼고

겉으론 유유히
속은 뭉그러져

새파랗다

동서남북
상하좌우
다 그렇다 삶의 무게
– 시 「삶은 흘러가는」 전문

 차상일 시인의 아호는 유수(流水)다. 산다는 것은 흐르는
물과 같다고 표현했다. 새파랗게 상하좌우, 동서남북으로
흐르는 물처럼 이리저리 부대끼면서 흘러가는 것이다. 지
금까지 출렁이는 물결처럼 요동치는 삶을 살아왔는데, 아
직도 바닥에 흐르는 물밑 자갈과 바위에 치어 흐르면서도
유유히 흘러가고 있다.

모진 풍상 견디며
이른 봄 꽃샘추위도
꿋꿋이 이겨내고
꽃대 세워 노란색으로
어여삐 피워 맘껏
뽐내도 보았다
벌 나비 나를 찾아오고
으쓱한 아름다움으로
봄의 시절은 그렇게
흘러가고 흘러갔구나
이제 금쪽같은 내 새끼들
분가시키고 떠나보내니

그 화려했던 엊그제 봄날이
이제는 한낱 꿈이었던가
아직 봄바람 불지만
난 한 시절 지내고
남은 시간 홀로이
화려했던 봄날을 그리며
내 뿌린 씨앗들 무탈하게
번성하기를 바랄 뿐이다
– 시 「민들레 홀씨는 날아가고」 전문

이제 시인은 첫 시집을 출간한 시인으로서 작은 바람을 갖고 있다. 삶이 배어있는 씨앗(시)이 마치 민들레 홀씨가 되어 널리 퍼져서 번성하기를 소망하는 것이다.

봄 햇살이 볼을 간질인다
잎새를 어루만지고
꽃잎도 쓰담쓰담
꽃샘추위 마음 다쳐
토라져 뒤돌아 있지만
벌 나비 만나는 설렘에
가슴은 벌써 두근두근
남녘에 친구들 벌써 나와
신방을 차렸다는데
그 소식에 맘은 갈팡질팡
햇살이 조금만 더 안아주면
모른 척 다시 돌아앉아
벌 나비 만나러 갈까 보다

- 시 「봄꽃 고민」 전문

벌 나비를 만나는 설렘과 남녘의 친구들 소식이 마음은 싱숭생숭 설렘으로 가득하다. 어쩌면 시인이 첫 시집을 출간하는 설렘이 아닐까 한다.

그렇다면 시인이 생각하는 '사랑'은 어떤 의미와 뜻을 내포하는 것일까?

어미 거미
몸을 내어주며
자식을 먹여 키우고
눈 감는 모정

주홍 거미과의
벨벳 거미 자살적
모성 본능 가히
경이로움 가득

나는 몰랐던
그보다 더 큰
하늘 같은 어머니 사랑
거미에게 배우네

내 마른자리
어머니 굳은살
내 나이 하나에

어머니 주름살

내 흐르는 세월이
어머니 세월 갉아먹고
어머니는 가는 세월
아아 어머니
– 시 「거미의 모정」 전문

자신의 몸을 내어주는 벨벳 거미의 경이로운 모습을 보면
서 어머니의 모습을 떠올린다. 어머니의 굳은살과 주름살
을 보면서 안타까워하는 마음, 세월을 갉아먹고 가는 세월
에 어머니를 생각하고 주체하지 못하는 안타까움을 시로
표현한 작품이다.

봄 향기 가득 담은
그대 향기에 난 취한다
아스라한 내 추억으로

어머니 가져오신
입안 가득 퍼지는
싱그럽게 싸르르
은은한 깊은 향으로

상위에 어머니 밀고
나도 밀고
가고 오는 접시

그대 향보다 더 진한
모정의 깊은 사랑

난 두릅만 보면
어머니의 사랑이
아리아리한 잔상으로
내 가슴 적셔 온다
- 시 「두릅향」 전문

시인은 기회가 있을 때마다 어머니를 생각한다. 두릅을
보면 어머니의 향기를 생각한다. 아리아리한 잔상으로 시
인의 가슴을 적셔오는 어머니의 향기가 그리운 것이다.

사랑은
참으로 귀하고
아름다우며
신비한 존재이다
인간의
다양한 능력 중
사랑의 힘은
불가사의한 존재
이루어질 수 없다는
사랑도
수많은 인간사
인연 중에
모두가 불가하리라
했던 사랑도

잊지 못하여
몸부림에 떨던 사랑도
이루고자 하는
결연한 의지의 사랑은
기필코 사랑의
힘에 의하여
사랑을 꽃 피우리라
사랑은 이루어지리라
- 시 「상사불망(相思不忘)」 전문

　사랑은 불가능이 없다고 말한다. 사랑은 이루어지는 것이
마땅하다는 것이다. 왜냐하면 사랑은 불가사의한 힘이 있
기 때문이다. 결연한 의지의 사랑은 기필코 사랑의 꽃을
피울 수 있다는 것이다.

소나무 푸른 기상
의연한 속내
사시사철 변함없는
그 모습 그대로

겨울눈 시린 가슴
때론 북풍한설
세파에 맞닥뜨려
피할 순 없지만
그 자리 그 모습
언제 보아도
한결같은 푸르름

큰 나무 바람에
휘날려 흔들려도
중간 나무 중심 잡고
막내 나무 얼싸안아

그 사랑의 힘이
세찬 바람 불어와도
뿌리 깊은 형제애
가족들 마음 편한
울타리 되어주니

언제나 푸른 마음
가슴으로 깊은 사랑
선조들께 머리 숙여
소나무 자비 주심에
감사 차례 지내고

이제는 한해를 사랑으로
넉넉하게 펼쳐 가리
- 시 「삼 형제의 사랑」 전문

 삼 형제의 사랑을 뿌리 깊은 소나무의 푸른 사랑으로 표현하고 있다. 언제나 푸른 마음으로 서로가 버팀목이 되고 북풍한설의 어려움 속에서도 서로 의지하는 사랑의 힘이 고귀하고 아름답다.

우리 집엔 보물 둘
웃음꽃 제조기
보면 볼수록
사랑 피어 넘쳐나

구순 어머니
증손자들 보시고
함박웃음 가득하시니
난 뒷걸음 엷은 미소

저 사랑의 손자들
세상천지 제일 귀한
무엇이 이렇게 모두
즐거움 안겨 줄 수 있을까
– 시 「우리집 보물 둘」 전문

 사랑이 피어나는 4대 가족의 모습, 구순의 어머니 모습, 웃음 제조기 손자들의 모습을 만날 수 있으니 보물이고 세상에서 가장 큰 행복인 것이다. 그 행복 속에는 감사의 마음이 넘친다.

구순 어머니
잔병 없으시며 강건하시니
무엇보다 매일매일 감사합니다

내 눈에 가득 사랑스러운 아내와
건강하게 변함없이 서로 위함에

제일 감사할 일입니다

아들딸 결혼하여 건강하게
사랑 가득 사위 며느리 손자들
행복하니 감사할 따름입니다

허심탄회 무엇 하나 모르는 것
없는 만난 지 반 백년 훌쩍 넘은
친구들 희희낙락 감사합니다

올 한 해도 무탈 속에서 평화로움
가득한 한 해를 보내게 되어
참으로 감사합니다

많은 감사를 모르고 부족함만
탓하던 수렁에서 불현듯 깨어난 계기에
깊은 감사를 갖습니다.
- 시 「감사합니다」 전문

　구순의 어머니가 있고, 사랑스러운 아내가 있으며 아들딸
결혼하여 건강하게 자라는 손자들이 있으니 가족의 행복은
넘친다. 더욱이 친구들과 희희낙락 우정을 나누는 그 평화
로운 행복이 시인의 마음 속을 적시면서 부족함만 탓하던
삶에서 깨어났다며 감사의 마음을 표현한다.

　첫눈에
　사랑스러웠던 그내
　내 마음 설렘에
　가슴 두근두근

반백 년이 흘렀건만
그 사랑 아름다워
옥색의 깊은 향이
지금도 가슴 설레며
화한 뜨거움이
깊은 사랑으로
손잡으면 전해오네
눈 마주치면 사랑 촉촉

눈가에 주름 하나둘
옆머리 귀밑 새치
세월 훈장으로 완숙미
뒷모습 날렵하던 자태
이제는 포근함이
나의 모난 점을 안아주고
그 아름다웠던 모습
곱게도 세월 스며
가슴으로 마음으로
그 옛날 태종대 앞바다 옥색처럼
사랑이 점점 더 깊어가네
잡은 손 더 사랑스러워라
– 시 「사랑스러운 당신」 전문

아내에 대한 사랑을 표현한 감동적인 시다. 반백 년을 함
께 살면서 눈 마주치면 사랑이 촉촉하게 전해오고 그 향기
또한 태종대 앞바다의 빛깔인 옥색처럼 깊은 향기가 난다
는 것이다. 이 어찌 아름답지 않은가. 세월의 훈장 앞에서

도 서로의 포근함으로 안아주는 사랑이 점점 더 깊어가고
있는 것이다.

　　　　대가족 거느린
　　　　가녀린 어깨 위로
　　　　석양의 붉은 노을

　　　　역광으로 스며들던
　　　　어머니 뒷모습
　　　　두레박질 삶의 무게

　　　　아스라한 어머니 잔상
　　　　이제야 깨우치는 사랑
　　　　퍼내도 마르지 않는 우물처럼

　　　　가슴에서 꺼내보니
　　　　늦어버려 눈물도 마르고
　　　　불효자는 마음만 울고 있네
　　　　－ 시 「두레박질」 전문

　우물에서 두레박질하시던 어머니를 떠올리면서 퍼내도 마
르지 않는 우물처럼 내 가슴에 흐르는 사랑을 이제야 떠올
리면서 성찰의 마음을 적었다. 끝내 '늦어버려 눈물도 마르
니 불효자는 마음만 울고 있다.'는 표현이 인상적이다.
　시는 긴장이다. 압축미가 생명이다. 마음이 흩어진 상태에
서는 좋은 시가 이루어질 수기 없다. 물론 지나치세 긴축

되면 도리어 산만해져 그 가치가 떨어지는 경우도 있다. 그래서 시는 본래부터 속박과 제한이 있다. 그 속에서 질서와 조화, 자유스러운 세계를 이루어내야 한다. 속박은 형식을 말하고 자유는 시의 내용을 말한다.

> 친구들
> 술 한잔에
> 내 마음 하늘 붕붕
> 부족한
> 나를 위해
> 너야 너 친구구나
> 떠받친
> 당신들이 짱
> 영원한 내 친구들
> – 시조 「진정한 친구」 전문

시에 있어서 긴축미(緊縮美)는 정형시에만 있는 것이 아니라 자유시와 산문시에서도 존재한다. 압축된 상태가 한군데로 모이고, 높이 승화되었을 때 비로소 시의 진실성이 드러난다. 그래서 시의 아름다움이 우러나는 것이다.

> 흰 눈 흩뿌려지는
> 매듭 달 중순에 보는
> 귀한 붉은 보석

모두들 가고 난
쓸쓸한 나뭇가지
단풍들도 떠나가고

허허로운 내 가슴에
붉은 혈을 채워주듯
그대 사랑이 두근두근
– 시 「오미자」전문

모든 예술이 모방해서 출발하여 끝내 독자성을 가진다. 이것이 시가 존재하는 까닭이며, 또 우리가 시를 쓰고 감상하는 이유가 된다.

무엇보다도 차상일 시인의 시에서 주목할 만한 것은, 시인이 스스로 개척한 독창적인 세계다. 자신만의 독특한 내용(가족과 꽃)과 형식(시와 시조)로 자기를 만들어가고 있다. 그래서 시가 건강하고 아름답다.

따뜻한 인간애와 가족과 꽃을 통해 사랑에 대한 진지한 성찰이 돋보인다. 특별히 인생을 긍정적인 면에서 살피는 보편타당성이 가슴에 와닿는다.

다시금 첫 시집 출간을 진심으로 축하한다.

시인의 아호처럼 흐르는 물처럼 막히면 쉬어가고, 넘치면 조용히 흘러가는, 자연과 더불어 살아가는 아름다운 인생이 되었으면 한다.

■ 글벗시선 235 차상일 첫 번째 시집

꽃향기 바람에 날리고

인 쇄 일 2025년 10월 24일
발 행 일 2025년 10월 24일
지 은 이 차 상 일
펴 낸 이 한 주 희
편집주간 최 봉 희
펴 낸 곳 도서출판 글벗
출판등록 2007. 10. 29(제406-2007-100호)
주   소 경기도 연천군 연천읍 현문로 433-27
         종자와시인박물관 내
홈페이지 https://cafe.daum.net/geulbutsarang
E- mail pajuhumanbook@hanmail.net
전화번호 010-2442-1466
팩   스 031-957-7319
가   격 12,000원
I S B N 978-89-6533-309-8 04810

* 잘못된 책은 바꿔 드립니다.